迴路詩集

秘密的 后安德魯人 穿上智人的 心 與 身體 都是犯規的

迴路詩集

向田邦子答錄機

[10] 我知道你在 google 我
[11] 求婚
[12] 她與他
[14] 志氣
[15] 我喜歡你
[16] 物歸原主
[17] 開分員
[18] 晨曦
[19] 愛哭包
[20] 那組記憶體
[21] 5db
[22] 今天的你不在家
[23] 一百通電話
[24] 截止
[25] 焚人的懸棺

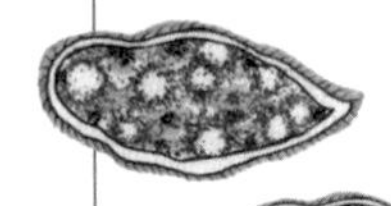

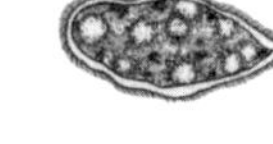

迴路殺人事件

[28] 防風林
[29] 超級市場
[30] 血泊
[31] 領藥處
[32] 三年五班傍晚七點的音樂會
[33] 滿載浮屍的列車 7 號
< 獻給得意洋洋的臭皮囊們 >
[35] 迴路
[36] 有時像朵花
[37] 囚禁
[38] 給我一把槍
[39] 再給我一把槍

挪威森林貓

[42] 換毛
[43] 旋舞托缽僧
[44] 二月十日
[45] 毛皮
[46] 謀殺
[47] 教會調式
[48] 掌心
[49] 雙面世界
[50] 換毛∞
[51] 療妒湯
[52] 二月 又 十號
[53] 千赫
[54] 根號 64
[55] 寓言

暗物質

[58] 魚球
[59] 爲什麼要哭？
[60] 美少女
[61] 切題
[62] 失焦
[63] 枕草子之淵
[64] 人言可畏
[65] 慣性
[66] 5 座 12G
[67] 你說
[68] The Hippocampus of Pink Floyd
[69] 翡冷翠女王
[70] 海嘯的導聆 <記南亞海嘯>
[72] 惡之華

水墨

[74] 江瀾

[75] 舊夢

[76] 胡部曲

[77] 宇晴軒

[78] 荔枝角

[79] 水墨畫

[80] 夕戲

Firry Path

[82] Firry Path / 杉林小徑

[83] Above The Cloud / 雲端之上

[84] It Was A Rainy Afternoon / 那是個下雨的午後

[85] Moonflower / 曼陀羅花

[86] Oasis / 綠洲

[87] 2 Up, 1 Down / Mr.Augmented

[88] Brown And Gray / 棕與灰

[89] Walk Away / 離開

[90] Light Years / 光年

大強子對撞機

[106] 跌墜
[107] 梅莉莎
[108] 在 B612 的不凋花
[109] 塔尖不再警示黃
[110] 我鱗剝著我的孤寂
[111] 容量
[112] 枕邊人

排泄系

[92] 如果明天是最後一次見面
[93] 微光
[94] 活體豬
[95] 撫平
[96] 毛細
[97] 刺鼻
[98] 禁臠
[99] 親愛的尼安德塔人
[100] 無格 bass
[101] 角力
[102] 給類冬夜的你
[103] 寄生
[104] 捲起

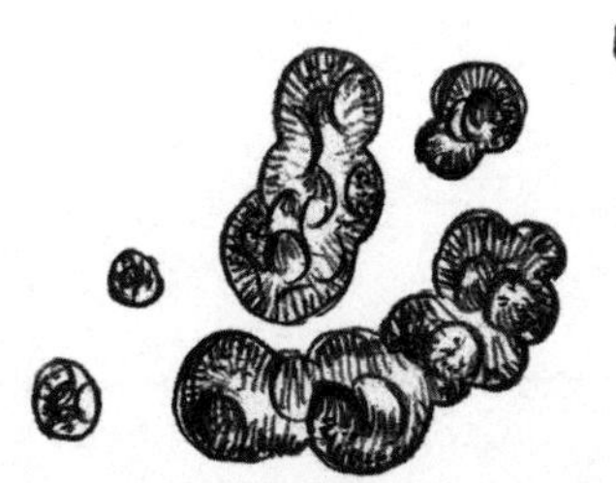

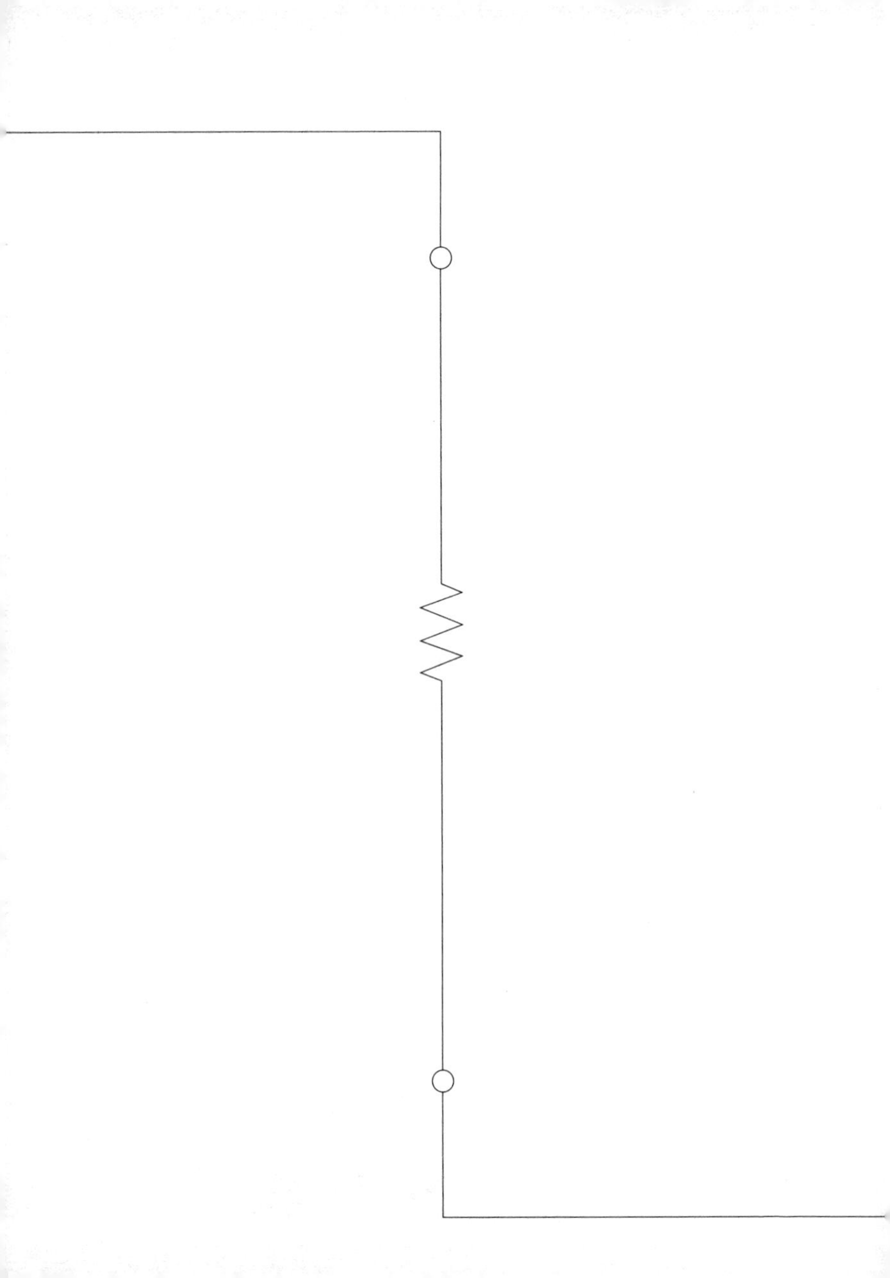

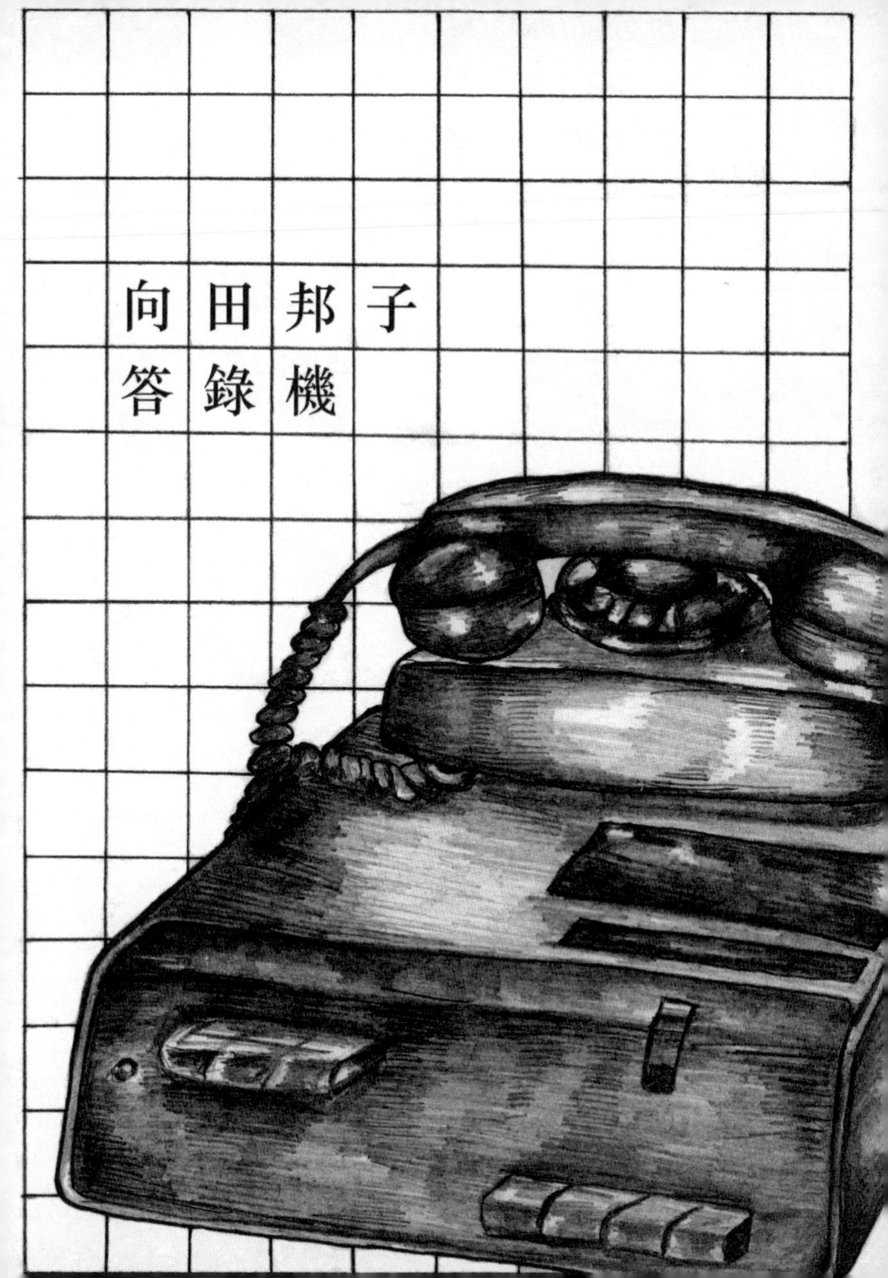
向田邦子
答錄機

我知道你在 google 我

我知道你　在　google 我

在夢裡註冊結婚

是千百個不願意

也不需要用你的　　顯葉

釋放出了　負面情緒

來折磨　　　　　我的愛戀

既然我的　眼神　無法傳達

那請你用絕情　回應我

讓我的眼淚　　　　開枝散葉

種下曾經　　　擁有的

一畝桑田

求婚

你說你會在雨中跟我求婚

我卻被飛航模式阻隔了你的視線

你帶著鑽戒與巧克力

跪在視窗的另一邊

試著預演著當天

回到視窗另一邊

躺著的是被敲開頭顱的你

以及維生機器與連結你腦波中的畫面

愛其實不值錢

你都快死了怎麼還想著

愛情　勝過生命　　　　　　的　一切

她與他

夜一

她讓他射了又射

在心靈上

他們有了某種謀合

在肉體上

他們形成了相互的耽溺

夜二

他抓住她棕色的長髮

在強烈冷氣團的深夜裡

任由她的吸吮

豐滿的欲望在胯間摩擦

那是剛萌芽的激情

夜三

他任其她的渾圓多汁

被他的貪婪循著規律的節奏拍打著

豐腴的股間

滲出了浮木的濕黏

壯大了沙文主義的抽插

這就是她對他臣服

與崇拜的

嬌嗔

志氣

躺在你送的電毯上
用著你給我的暖暖蛋充電
喝著你親手煮的薑茶
我卻無法讓你感受到我的想念
我的愛在萌芽
而你總用我無法反駁的字句
揠苗助長
我用我沒品的冷漠
回應著
你的突強的紅色
一整日無你音訊的長日
我的心毫無志氣的
只有將你
往沒有縫隙的崖壁
狠狠狠狠
的
往死裡
想念你

我喜歡你

我喜歡你我喜歡你我喜歡你我喜歡你我喜歡你我喜歡你
我喜歡你我喜歡你我喜歡你我喜歡你我喜歡你我喜歡你
我喜歡你我喜歡你我喜歡你我喜歡你我喜歡你我喜歡你
我喜歡你我喜歡你我喜歡你我喜歡你我喜歡你我喜歡你
我喜歡你我喜歡你我喜歡你我喜歡你殺死你

物歸原主

A 導演說

他預計拍一部有關落難女子的電影

B 作家說

他預計寫一本有關失婚熟女的小說

我說

我預計將我的私處貼上封條

隔絕他和外界的聯繫

然而　作家和導演　都是男的

我才是真人實記

開分員

被使喚的開分員

被機器使喚

被賭徒使喚

被老闆使喚

被規則使喚

我如同他一般

頻受使喚

晨曦

清晨我吸收微量的紫外線

在晨露消失前

追逐三十九釐米的晨曦芬芳

夏天還沒走

我卻已期待

秋日的微涼

愛哭包

你拿著紙巾一邊為我拭著眼淚

一邊說著　唉呦　愛哭包　　　怎麼又哭了呢

漸漸你的樣子　如被水暈開的眼線　　糊成了一片

我用力的想記起　　你安慰我時的臉　　卻越發遙遠

那只是被天真矇騙的幻覺　像被過度微波的拋物線

永遠　　　只是　　瞬間

那組記憶體

你依然無法了解我

誠如你說我只是個　個體

在不可逆的

自我意識間

折磨你的心智與軀體

你用酒精麻痺自己

隔日　你仍然繼續生氣

你還是搞不清　你踏進的　是我的世界

而不是你所設定　的　那組記憶體

5db

無法贅述的吻　呼應著

下面那片潮濕的海洋迷濛的夜

身體反射性的　擦槍走火

雨棒的淅瀝聲　顆粒了　當下每一秒的心跳

加大了　5db

呼吸聲　　在耳畔　　　輕喘著

沒有目的的開始

今天的你不在家

今天的你　　　不在家

你的外表　　這樣如此宣告著

遲遲等不到應答　的　雙唇

在間隙中　期待　下一句

主詞　與　副詞的　出現

直到　無法上揚　的嘴角

仍然保持　同一個角度

今天　的　你　真的不在　這個身體　的　家

一百通電話

一百通電話的時間

三小時 21 分

一百通電話消耗的電力　　　　22%

一百通電話消耗的卡路里　37 卡

一百通電話的距離　　　　　800 多公里

一百通電話回應的次數　　　　0

截止

當寂寞敲著你的門

只能假裝不作聲

新聞視窗右下角

跑馬燈跑著一行

失望強姦了期待的消息

切換頻道後

生活原有的轉速

繼續非自願性啟動　直到　保固　　截止

僰人的懸棺

荷爾蒙淹沒了你家門口

青春的缺口發芽在電鈴附近和門牌上

你說你死後要懸棺在東利物浦的峭壁上

每年白色雛菊開的時後　記得來弔唁

所以他每年去那攀岩時已鑿好了墓穴

也為了他未來的另一半　鑿了另外一個　　陪他

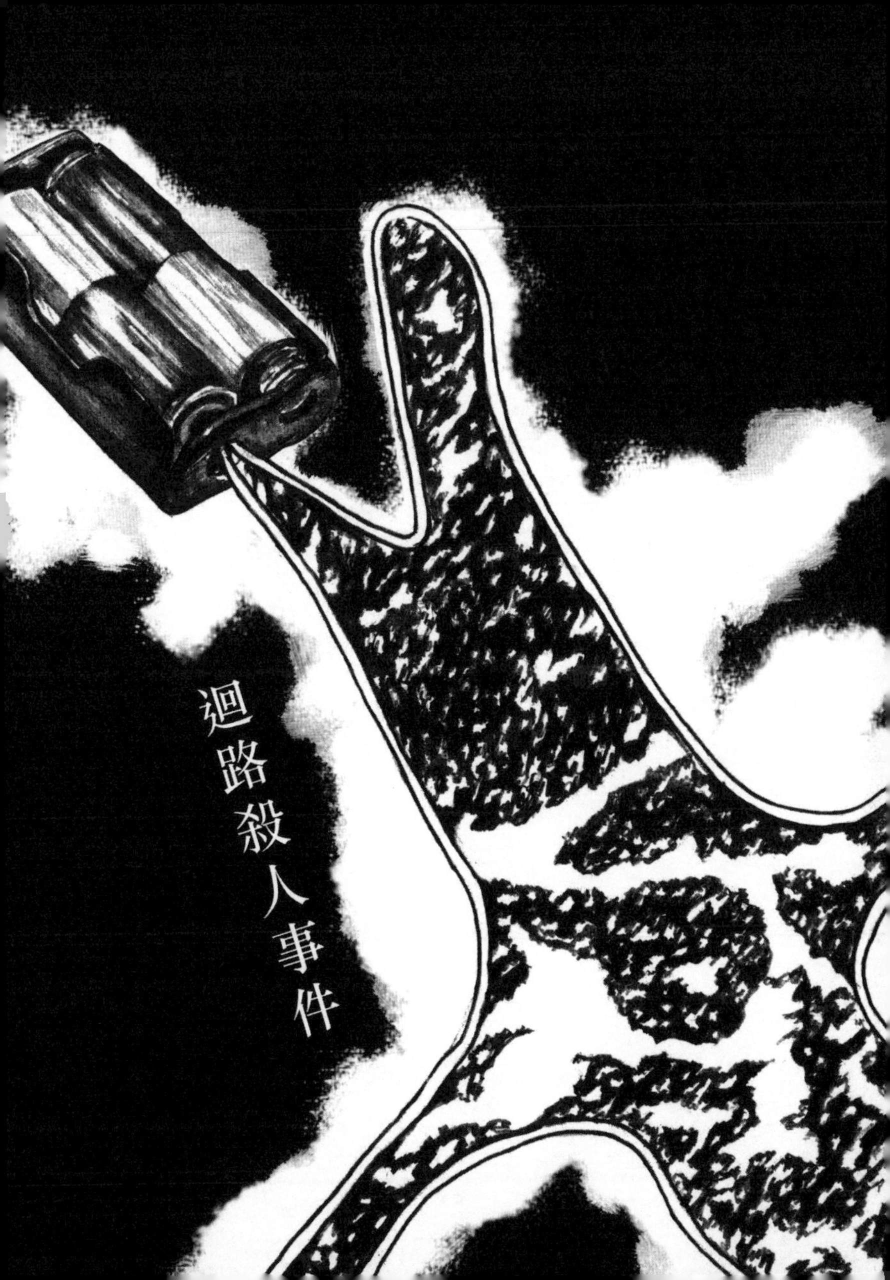
迴路殺人事件

防風林

他在迷宮裡急促迴繞著

反光的刀尖　銳利閃動　追逐不是辦法

與其被肢解　也要存活

刀尖刺入疣狀的圓

廣義的荒野　彷彿注入無瑕的星光

化外之民的不解　會有答案

防風林被冷風吹的酸麻　你還在那裡等我嗎

見不到金黃的沙洲　會有你的愛嗎

還是該將你的血抽乾後風乾保存　我才能擁有你

我想　伊底帕斯一定會了解

超級市場

少了肌酸的滋養　二頭肌開始萎縮

倒三角的弧線　落石注意　隨時崩毀

越過陰陽海那端　懸浮著　不只是漂流木而已

還有你的上顎　脾臟　幽門

上回你說的賁門鬆弛　也是多年前的事

人的器官　真是件令人興奮的東西

在超市的泡麵區抬頭仰望　一包包的肝臟在向我招手

58 度高粱　才是致命傷

血泊

每日都在期待誰倒在血泊中

肚皮被劃開之後　再拉出集結成圈的大小腸

套住脖子　來一次最完美的窒息式性愛

就在血泊中漫遊　高潮也隨之昇華

保持手術刀的鋒利　我的愛　隨時都可給你

領藥處

整日曝曬在 4.25 毫高絲下

每日一錠的柔沛　效果有限

若要藉綺麗安來安撫人心

半年後須更換新廠牌

百憂解在高度閱報率下

榜上排名高居不下

梅尼爾氏症在保耐暈的控制下　得到了紓解

就在萎靡不振中

大豆異黃酮　三酸甘油酯　起了作用

大量的深海魚油

淹沒了急診室的診療間

在重質不重量的世界裡

吃什麼　才得以　平衡

才得以　被饒恕

得以被　解放

三年五班傍晚七點的音樂會

可怕的合音

不規則的聲線

強而有力　掙扎的　耳膜

求救　求救

破銅聲的男高音

自豪吟唱著

好像蘋果到秋天

一片眾聲喧嘩

完全四度被禁止

燃燒一片　翠綠嫣紅

襯底的四部和聲

在骯髒裡　爬梭

一前一進　一前一進

午夜的甜櫻桃

無法　適應夜生活

騰空了格子後

掀起了隔夜的餿水桶

酸嘔的刺激　　瀰漫在這場音樂會中

滿載浮屍的列車 7 號 < 獻給得意洋洋的臭皮囊們 >

毒物科主任在鏡頭前翻滾

她說有毒的磨菇最好以生食為主

赭紅色的活性介面劑

沖刷掉負氣而歸的憤怒

今晚的比賽他仍然不服輸

開啟愚人節箱子的鑰匙

在他脖子上閃閃發光

主宰著一切輸贏的那方

愚昧的人依然天真前往

8 月 30 號那天早上

4 號車廂的列車長　暴斃身亡

鑰匙卻還在那人脖子上

閃閃發光

魚的鱗片儲存腐敗的香

在他的便當上

慢慢被咀嚼至十二指腸

童話的蠟像

坐在下一節車廂

對著她意淫的是

分不清方向的叫賣郎

在走山線的車軌上

他找到了未曾到訪的溫柔鄉

鑰匙依然在他脖子上閃閃發光

到站的時刻還有 12 炷香

他掩嘴　扭曲笑了

開啟了愚人節的箱

調換了潘朵拉的箱

奪取了愚昧者的槍

掃射了無知者的臉龐

詼諧曲還在唱機上迴盪

你　是否　就是　主宰　輸　贏　的那方

迴路

我從太麻里延續了 82 天的壽命
綿延的山脊青青
殘破的海馬迴
還有模糊的記憶
對你的感覺突然像詩
飄忽　不真實
繁衍後代的任務
由酸瓜處理
切除了顳葉第十四區
遠方山谷的迴音
在半規管中交疊
絞刑的微分子游離出道德的範疇
無法形成迴路
從出發點至回歸點
並聯了生命的中止
串聯了焦慮的基礎
無法形成迴路

無法形成迴路
無　　　　　　法
形　　　　　成
迴　　　　路
無法形成迴路

有時像朵花

有時像朵花　但腐爛卻是常態

窗外兩人的剪影　互動的　並不自然

佈滿細菌的空氣中　吸入的是　一次又一次錯誤的循環

在膿瘍之河裡　我迷戀著雪中　那一縷白梅的清香

有時像朵花　但腐爛仍無止盡的擴散

我曾在你那沒有毛孔的肌膚上親吻

也曾在你渴望的　眼神下　回望與顧盼

而腐爛越是往肌腱裡擴散

成群蠕動的蛆在其中恣意漫舞

如柔軟的床褥　香甜的糖果山　潮濕的產道

有時像朵花　而花開時微微的迸裂聲

吟唱著　腐爛過程中　每一步　精細而美好的　自然現象

囚禁

我被他和　她舊情人的影子

囚禁在這斗室內

身旁隨之襲來的　是陣陣　　黑黑暗暗的空氣

壓得我無法喘息

刑求的工具　　是她舊情人的肖像

炭筆下的笑容　一聲聲尖銳的

片下了我的心

給我一把槍

給我一把槍　我要殺死你

在鯊魚的背鰭上　點四五手槍的彈孔　留有你的溫柔

給我一把槍　讓我殺了你

在幽暗的氣室中　滿溢了汙濁的肺泡

你的臉孔　在其中漫遊

腫脹後的第四天　紅木棺已經開始龜裂

投石問路的投機者　裹足不前

三緘其口的告密者　蛇身了蜿蜒的小徑

西蘭花的種子　沾黏了一身潔淨

西斜的彎月已拋開重力　倒吊了重重的針葉林

你說　今夜月影星稀

給我一把槍　　　我今晚就要殺死你

再給我一把槍

再給我一把槍

轟死我自己

在蕾絲床單上

灑滿我噴散四周的腦液

我用我的槍

殺我也殺死你

命運的輪盤決定

你的留戀與我的愛意

再給我一把槍

結束這分裂的渾沌不清

我會先攻擊電視機

還有所有會走火的電器

等沙塵暴來臨

你會　了解我　懇切的用心

挪威森林貓

換毛

你能再堅定一點嗎

當這個季節又來臨時

脖子上的維多利亞鬃毛

迎著假想由南國來的風

似揚絮般

飛舞著ノ 散落著ノ 游移著ノ 附著著ノ

啊ノノノノノノノノノ

原來我也毛屑過敏啊ノノ

旋舞托缽僧

我是紅色旋舞托缽僧

在伊斯坦堡找尋我的自尊

聖索菲亞大教堂裡

紅色道袍旋轉著

伊斯蘭的前世今生

我是藍色旋舞托缽僧

在伊斯坦堡懸掛著迷霧的燈

藍色道袍旋動著

在蘇丹懷抱裡的輝煌時分

我是旋舞托缽僧

一百圈的旋動

我即登入天聽與呼喚的囹圄之中

拖不動十字軍帶來的強取掠奪

轉不動他們手上的十字弓

我是旋舞托缽僧

在伊斯坦堡銷匿了我的自尊

在聖城降臨前的聖戰鳴鐘過後

旋舞的意念

已決定戰勝者能擁有的

體溫

二月十日

二月與十號做出了無關聯的連結
在電腦鍵盤的彈簧之間　　盤根錯節
氣根盤住了黃魚的脊椎　無可避免
她嘆了一口氣後　凍結了十二月
將一枚黑色的領結　獻給了無晝的夜
倏的　烏鴉向下俯衝
還未成型的球體　迸裂成一朵朵花椰般的駑鈍　吹氣成聲
殮房的我還未解凍　卻已重生
在這無關聯的連結的九點四十五分

毛皮

儘管你並非一夕之間長大

在呼吸的吐納間

你跌撞經歷了屬於你的生活

一切多半慵懶　自在

就遊走在你的毛皮之間

順毛生長ノノノノノノノノノ

謀殺

謀殺　被謀殺了

貓的自由謀殺了貓的自由

貓說　我要自由

自由卻說　我也要自由

他們　就在窗邊

展開了安靜又無盡的　廝殺　與　陰謀

教會調式

能開始恨你了

你是冷酷無情的利第安調式

鋭利的畫過　沉迷已久的心

沉痛　卻隨之驚醒

掌心

我的手中

沒有感情線

沒有理智線

沒有姻緣線

沒有所謂牽連的生命線

更沒有如何飛黃騰達的事業線

誰人看見

我能散佈自我意識的那條線

在足下　淺而易見

雙面世界

我睜眼看得澄淨　底面混濁

我側身取得天真　反身城府深沉

亞里斯多德對著湖面思索

納西瑟斯如何成為水仙

我則在鏡裡鏡外的世界

反轉一切真實與不真切的謊言

獨立也群集　瘋狂也冷靜

雙面恍如圓頂的世界

在塔尖連結另一座塔尖

在蒼穹外延續下一個蒼穹

這是謊言　也是實情

這是個夫復何求的

雙面世界

換毛∞

毛變長了，

毛漸漸長了，

毛慢慢變長了，

毛越來越細長了，

毛球被風吹起來了，

毛球散落了一地板了，

是時候我又要剃光光了。

療妒湯

秋梨佐以冰糖陳皮　以能療妒

食一日未果　多服三日

三日未見效　再服七日

我的眼神篤定

療妒是治癒女性抑鬱之最根本

二月 又 十號

熱水壺裡沸騰著滾燙的年少

二月十號就這麼走了

貓沙盆還遺留著走山的餘味

閃著金光的砂石

用同情的眼神投射

曾是　毫不起眼　的　枝微末節

過了　逝去了

沒有靈魂的空殼是什麼

只是　老舊琴鍵　上　不緊的弦

與　泛了　青鏽　的　琴音

無力　且　耗虛

千赫

老鼠：20 ～ 65 千赫

蝙蝠：20 ～ 120 千赫

海豚：180 千赫

貓丿丿丿丿丿丿丿丿丿

在銅鐵摩擦的千赫間

無所遁逃

根號 64

喝到爛醉的根號 64　跟蹌的用手指著七

嘴上卻說著八　眼神底下迷離的臥蠶

時而笑意上揚著　期待今天的囊中物入袋

醉翁之意　原來早是安排好一場　自我認知的局

寓言

置換的角色　倒錯微笑著

虛擲曖昧的心　無法掩飾

你引用的詩句　歸類成寓言

在光暈下展開了　夜

時間的斑點　圍成了海岸線

回憶跟隨著潮水　拉低帽沿

遊蕩的自我正　朝著瘋狂　分裂

失去方向於是我們　張狂的歌唱

自說自話不著痕跡

就像是一隻貓咪的偽裝

標籤貼上一切讓永恆至上

把愛情裝飾成信仰

靈魂的重量　總過度餵養了悲傷

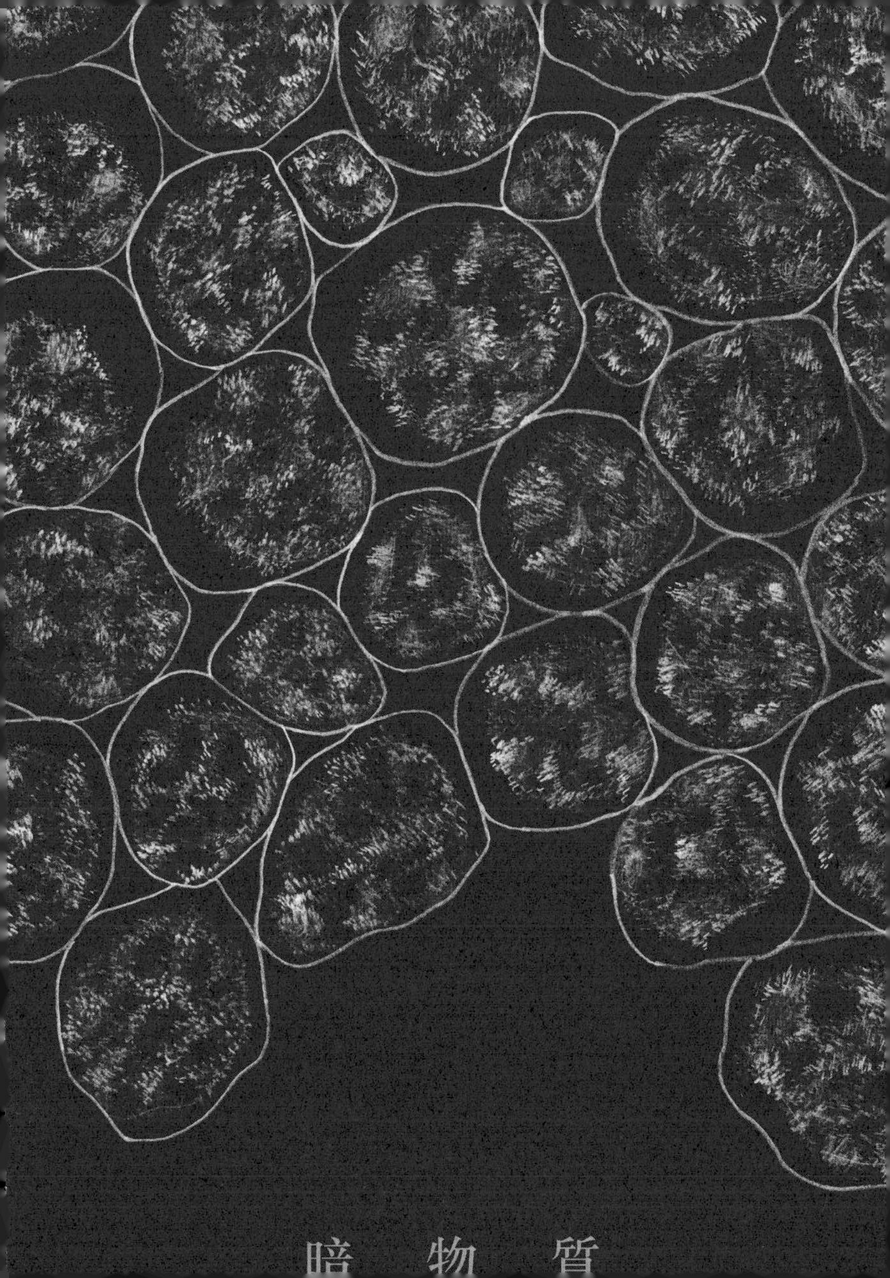
暗　物　質

魚球

如同迴游的魚群般
在捷運站順著人龍
所排出的隊型而走
巨大的恐懼偽裝成
迎面而來的食人鯊
一口將月台的我們
啃食得血肉模糊後
人龍又再度還原成
食物鏈底的類群聚

爲什麼要哭

你的神情我看出來你戀愛了

當你一將神情靜止　你的戀慕就這麼傾巢而出

你無法阻止你的戀慕　如剛從卵泡孵化出的蜘蛛

密麻且快速的覆蓋了我感知的全部　並將毒液釋出

在遠處觀望的我

哭了

美少女

今晚的作業是　肢解一位美少女　將她的甜蜜　注入微量的苦艾

剖開她的天真　將現實燒紅後烙上

紅色的外衣　在血液浸染後氧化成世故

無辜的眼神　已被擠壓脫落

可愛的笑容　撕裂至耳後

儘管她的嬌嗔　仍如她的乳暈般粉紅

腥臭的猥瑣　正注滿她的毛孔

貪婪的鋼釘　在她的鼠蹊　留下溼爛的膿瘍

最後再依序拼裝　用勢利縫合　用功利固定　用虛榮填充

放入敗物的福馬林罐中　等待經濟學教授的點收

切題

一切都恰如其分的剛剛好

剛好在破發點　剛好九局下半

剛好眼神相對　剛好是一個假文青

圓桌直徑過長　分割成八等分

對角線直視了錯覺　訕笑孜孜　遠水澆不熄近火

每個發聲數都是何等的切題

失焦

怎麼你的美好漸次的失焦

見到走進黑屋子的你

夢　食了月　月　食了夢

肉身意識下的徒然

我感覺猩紅的潮熱群起而翔

高潮的瞬間遁入黑暗

自烹了一壺悲喜

正如每日灑落的皮屑

悄然　落下

枕草子之淵

那是一種集體的精神解離

由於你一塵不染的意象

使我們崇拜式的沾染

所以我們愛上了你

迷戀上了你的空靈

進而想再超脫成為你

因此我們將自我催眠

相信你存在於我們之間的距離

就在一個回眸之處可遇見

人言可畏

披掛著黑夜的赤裸　我鬥不過　我鬥不過
任由你的溫柔揮霍　我躲不過　我躲不過
記得那天　那個午夜　我拼命走向前
讓摒棄的未知　向我告解
人言可畏　你穿過對街　把那盞燈熄滅
試圖將毀滅再重建

我猜你已經　快要愛上他
我猜你已經　快要愛上她
我猜你已經　快要愛上牠
我猜你已經　快要愛上祂

迴路詩集 EP 線上聽

https://marslin.info/circuit/

慣性

我在不尋常的慣性定律中

衝撞的粉身碎骨

這通常被稱為愛

即使已扣上了安全帶

也在不當使用下

成了絞索

當場窒息

早先加裝好的安全氣囊

也一一爆開

卻沒有一顆能緩衝到我的作用力

在愛的車禍裡

我宣告身亡

5 座 12G

眷戀的徘徊　與　酸澀的遺憾

旋光性　環繞　你

自成一列　曲折　而　向上蜿蜒　的　階梯

幾道微亮　的　光束　從眼前　那些　龜裂隙縫　雜沓竄出

氤氳　瀰漫　了　發酵後　無止境　的　耽溺

門牌　上　的　5 座 12G

門後　有　幾幅　高更　與　達利

大溪地　的　暖橘　與　陰鬱的　灰藍　交錯

哥德　的　尖塔　與　希臘　的　圓頂　併置

當下　順接　未來　連動　荒蕪

轟隆巨響　崩壞　理性的基礎　四散　飛沙走石

在　一如平常的外表下　宇宙性大爆炸

5 座 12G　高聳如昔

你說

你說　你要去實驗室　電磁波那裡　過些電
轉過身後　你消失在磁極的兩端
濕冷的向晚　保鮮膜　啪滋　作響了一聲
我蜷縮了我的理智　再度摩擦這些靜電
來喚起　某種盲刺　隱隱　扎進皮膚
卻無從找起　扎在何處　的　不安

The Hippocampus of Pink Floyd

高牆將你的記憶築地而起　海馬迴只將片段傳輸
恐懼的癲癇　在鐵軌上耗弱　服從　進了絞肉機中　發夢
顳葉包覆著戰火的反動　移動的花朵　孟克參與其中
在場景與場景的交替間　即視現象　磁碟重組中
罪孽的化學性吸附　快克在皮脂腺上跳舞
點頭　搖頭　點頭　搖頭　點頭　轉頭　從頭　轉頭　回頭　搖頭
誰能將我從象徵性的空間中帶走　軟性的鐘
披掛軟性的圍籬　漸變的拱廊　失序漸變釉亮
讓我在你們的乳房　找尋朦朧琥珀香
讓你雙手環抱著慾望　層層撕裂我酸腐後的內臟
我用賁門仰望　海馬迴逐起的高牆
牽動著我高舉的雄壯　挺進隨之的潮來潮往
儘管嘶聲咆嘯　壕溝　仍堆滿發臭的絕望
泥濘　堆疊　泥濘　腥羶　泥濘　生蛆的皮囊
海馬迴輕輕低唱　高牆　崩塌　高牆　圈養
高牆　高牆　高牆　高牆　高牆　高牆　高牆　高牆

翡冷翠女王

翡冷翠女王　打量階下跪拜的男人

她命令她的屬下　除去了他全身的衣裳

並處以鞭刑

鞭由蕁麻製成　帶刺

第一鞭下　皮顫肉麻

第二鞭下　血肉模糊

第三鞭下　男人發出了哀嚎

他大聲求饒　請饒了我吧　女王　我何罪之有

女王　威聲斥喝

男人　你們的存在就是罪過

將他剝了皮吧　再讓他看看

自己是偽裝得多完美無瑕

男人　皮被完整的取下晒乾

女王從此下令　從此進入這個國度的男性　一律剝皮入城

海嘯的導聆 <記南亞海嘯>

一

大地的盛怒

於南亞爆發在

萬物之神指使下

層層牽絆的海嘯

不作聲後　吞噬

伊斯蘭的　斯里蘭卡

棕櫚樹　發出呼喊

請別帶走一切　我們仍然熱愛原屬於我們的家鄉

二

滿目瘡痍的島嶼們

你們的淚水正隨著瘟疫而升溫

在橫躺著具具無名屍的沙灘上

月光　依然柔亮

他在垂憐著　海面翻覆的船隻

隨月影搖曳　無名屍也隨之歌唱

一首思鄉的曲調　一首期盼的歌謠

他們四目相接傳唱著

沙灘　因而鼓噪

三

螢幕染血的播放著
遙不可及的現實
卻又垂手可得的血腥
在天譴未降臨我的跟前
我已被命運召見
等最後的審判沒入我眼簾
這一次的震央 將不存在於世界
我會懷抱著無知入睡　讓深省的良心離遠
苦痛和悲傷化作煙塵　一同灰飛煙滅
直到災難不再降臨的那一天

惡之華

冰透人心的惡之華

罪惡無限擴張

對未知的國度

心嚮神往

美麗如黑夜　惡之華

烏鴉啼哭著　索然無味的善良

乘著隱隱髮香　飄過迴廊

月如眼般　檢視著　危機四伏的黑夜

彷彿有人嘲笑　無所謂的幻想

古銅色雕像　目露凶光

是在阻擋　我要去的天堂

浪　悠悠擺盪　夢　點點遺忘

娼婦假裝優雅　故佈慈祥

惡之華　從罪惡中昇華　從雙腿中解放

再從煙霧瀰漫中　枯槁後死亡

水墨

江瀾

是一艘在長江上漂蕩的孤帆

一生於漂流中的我無法靠岸

朝暮的彩霞之間傾瀉出　一抹深藍色的悲哀

暗潮浪濤之間　似霧似風　吐露著冰冷的灰暗

月光下的江水承載幾許苦難

翻越了歷劫歸來淌血的波瀾

大地的悲淒之間孕育出

人們血脈中的溫暖

楊柳河岸之間　似畫似夢　勾勒出心中遺憾

舊夢

牆上舊鐘　緩緩移動

北窗外的老梧桐

你的身影似畫片兒般　淡淡烙在心底的玻璃窗

屋中你最珍愛的鋼琴　泛黃的琴鍵

深藏著你指間流露出的溫柔

半百歲月　大宅前　茉莉花兒　晚香飄送

磚瓦堆起　一生作伴的種種情懷　難忘舊夢

一曲送別　為你彈奏　你可聽否

每逢佳節　總憶起你　紅繡花鞋　腳步匆匆

胡部曲

受傷的指間踩著維吾爾的曲調

柳梢上擺動的是塔里木的歌謠

樂技吹奏了荒漠的瀚浩

胡部曲　旋啊旋　繞啊繞

草原上的馬兒　你可知曉

那兒女情長於塞外的美好

宇晴軒

眉宇庭宇天宇寰宇峻宇氣宇

祈晴放晴天晴新晴響晴嫩晴

宇宙萬物之大浮游眾生何如

晴雲秋月之時蒼茫萬里長路

以你為圓心

走在悲劇的直線與循環的方圓裡

氣宇軒昂

荔枝角

午後的斜陽穿透沉甸的果實與枝椏間

迢迢的幾百里加急

貝齒朱唇為這般凝脂輕啟

雲鬢嫣容　一笑百媚生

水袖舞弄著淡紫嫣紅

清甜的座落於你的吉光片羽

那是你的歸屬與莊稼

你的冥想與沉澱的落腳

也是隱約回溯至梨園　的　橋

水墨畫

我是墨　我是硃砂

我是一個落款　在一幅明朝的畫

山水是我為妳舖陳的優雅

青石是我為妳堆疊的晚霞

為妳溫一壺　瀟湘墨竹

再為妳彈奏一曲　雲山幽谷

勾染出一室浩淼

淡墨出滿山雲霧

我不是名家　但

我也曾　古道　西風　瘦馬

夕戲

手指輕柔紅酒杯
瓊漿玉液正食髓
脈脈秋波相對飲
幾許長夜不成眠

Firry Path

Firry Path / 杉林小徑

陽光在杉林小徑灑下了金黃色的氤氳

我逆風前行

抽格的回憶正向我湧動

那是屬於青春的綠蔭蔥蘢

Above The Cloud / 雲端之上

那是一段記憶

與過往擦身的追尋

當一切追求從冰晶換化至微塵

我在芳草的大地上

讓線條或帶狀的雲象將我遮蔽

雲端之上

是否也會有著

我所不能承受之輕

It Was A Rainy Afternoon / 那是個下雨的午後

下雨的那刻　世界安靜無聲

玻璃窗與半緊的水龍頭

跳舞的水滴交錯著

無無明亦無無明盡

模糊的街景

雨水繼續從屋簷與樹葉間滑過

那是個下雨的午後

Moonflower / 曼陀羅花

荼蘼之後　彼岸之前　你香氣蔓延

喚醒的是渡過忘川時的前世記憶

雨曼陀羅　曼珠沙華

將紅豔與純白獻上

接引你於輪迴時　綻放

Oasis / 綠洲

繁星輝映的絲綢之路上

連綿的駝峰蜿蜒

羅布泊的新月如眼

今夜的綠洲與黃沙相伴

是否你就是遠古的樓蘭

2 Up, 1 Down / Mr.Augmented

語言不為取悅

二進一退

儘管已聲嘶力竭的彬彬有禮

回應仍自成

自由透明的

詼諧

Brown And Gray / 棕與灰

沒有終點般的繞圈

深紅色穿越了淡綠色的玻璃反光

就這麼決定讓顏色的固相與液相分離

為更大的形式而書寫

創造無須甜美

壯大能量的金屬聲響

進而轉化成堅毅的

棕與灰

Walk Away / 離開

當抬棺者們踏在
現代性內在的時間邏輯之路上
意象的黑　如喪考妣
在城市的玻璃帷幕中窺視
這樣匱乏與氾濫並存的年代
築地而起的慈悲　將孤寂埋葬
再以追求真理的姿態　入土為安

Light Years / 光年

探尋希格斯玻色子時間軸

讓光在真空中行走

意念是否就此穿越時空

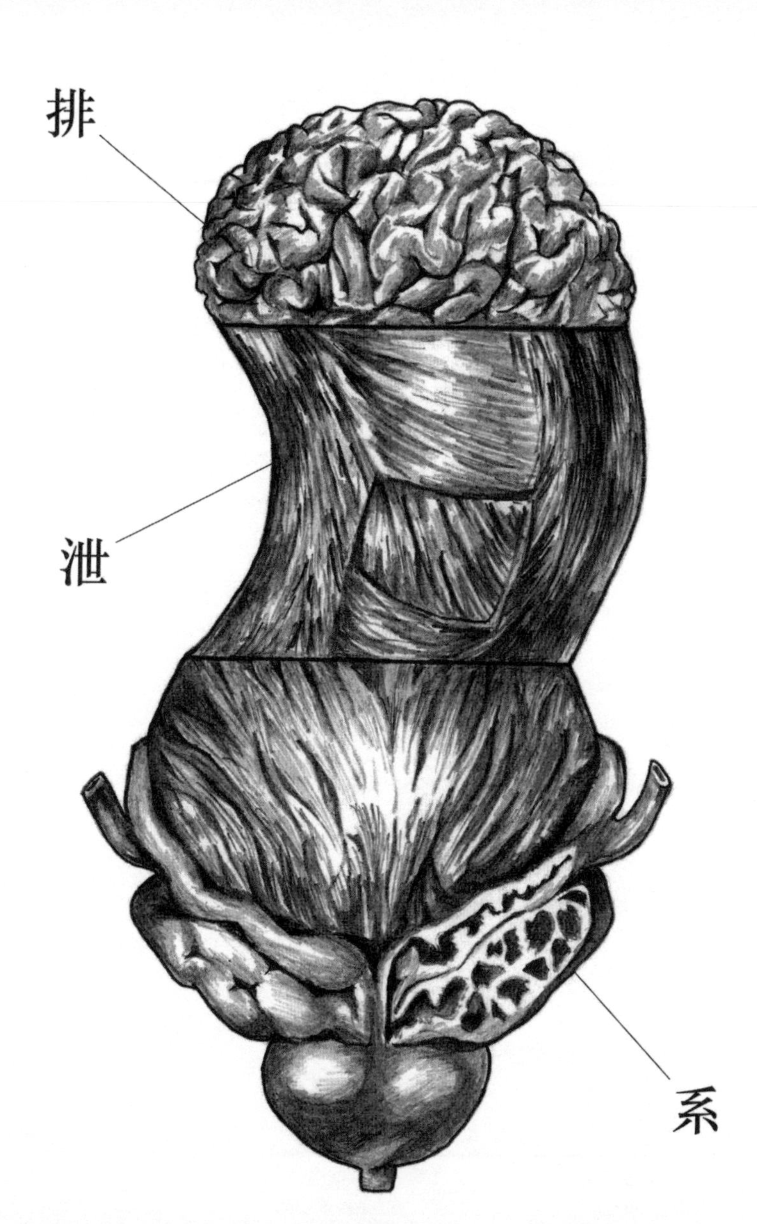
排
泄
系

如果明天是最後一次見面

如果明天是最後一次見面

我會記得　你的溫度與　對我傾訴的愛戀

微光

你在微光下的身體線條　一圈圈的在　我腦海裡纏繞

活體豬

快被想念逼瘋　就如從尚有知覺的豬體中　取出腰只的　痛

撫平

我需要長長的一吻　來撫平我心中的凌亂

毛細

在隆冬的夜裡　我決定不哭泣

將傷心送進平流層裡飄移　化作酸雨　侵蝕每個人的毛細

刺鼻

受潮的思緒被寂寞撫摸了下體　倏的　長弓拉出巨響
午後雷陣雨隱約透露時間的流逝　月光的香味　刺鼻

禁臠

隨時　將欲望禁臠　我的心仍留在那間套房裡　不著頭緒

期待電流通透後　毛孔興奮的呼吸

親愛的尼安德塔人

親愛的　尼安德塔人　愛上智人的　心　與　身體　都是犯規的

無格 bass

我在無格的 bass 裡　檢視你我曾發生過的愛情

除了透過手指的記憶　剩下的痕跡　所剩無幾

角力

這是場浪漫的角力　交纏的紅銅線　臣服於直流電的束縛
靜靜在絕緣的塑料裡　相互親吻著　彼此青澀的　9v

給類冬夜的你

海馬迴示意著你存在的氣味

視神經傳導著你微笑的曲線

晚安　類冬夜　的　你　晚安

寄生

馳放的四和絃無重力飄浮著

在電氣的碎拍裡一道道畫下的傷口　深可見骨

靜止不動的殭屍蟻也只是寄生　與　被寄生

捲起

將過剩的費洛蒙滲入尼古丁
用失控的感性捲起　抽一大口語塞
脫口說出的　立即成為輕煙散去

大強子　對撞機

跌墜

我在瘋狂的想念中開始盤旋

也在大樓間的鋼弦上走索

強烈的風壓讓我維持平衡的小雨傘傾斜

　是否今晚我會跌墜

跌墜　跌墜　跌墜　跌墜

跌墜　　跌墜

跌墜　　　跌墜

跌墜 跌墜　跌墜

跌墜　　跌墜

跌墜　跌墜　　　跌墜

跌 墜

跌　　墜

跌　　　墜

跌　　　　　墜

跌墜　跌墜　跌墜　跌墜

梅莉莎

當梅莉莎一再賣弄她的弱點後

她在人潮熙攘的十字路口被狙殺

人們猜不透她的死法對於他們的生活會有多大的意義

在重複曝光的沙龍照下

笑得燦爛的梅莉莎　宣布身亡

紐奧良捎來一封短訊

告訴我折彎曲的小喇叭

也是意外的驚喜

盡管曲折的身形不合邏輯卻也動聽

威靈頓高唱　give me a kiss to bulid a dream on

那你能給我甚麼　來　持續我的夢想

我只能感受到漸層的光

鬆軟的棉花糖

沒藥的苦澀

與

不切實際的盼望

在 B612 的不凋花

在 B612 星球裡的不凋花

盛開著夏末的波長

彼得潘的異想

灌溉後成長

它有著睿智的芬芳

為了它的世界

綻放能量

不會暖化　　絕絕對　絕　　絕　　不　　會
不　　不　　對　　對　　對　　暖　　化
會　　會　　不　　不　　不　　不會暖
暖化 暖
化　　會　　會　　會　　化　　會　　暖　　暖　　暖
暖　　不　　暖　　不　　化　　化　　不會　暖
不會暖化　　絕不會　不暖化　不暖化　化

塔尖不再警示黃

思念成為一球　打結的毛線

頭緒匿藏　熱病持續　越漸膏肓

或是痊癒　抑或迴光　我在月暈之下　凝視不見月的幽暗

當黯月盡顯　我能否再讚美月的皎潔華美

這樣的皎潔　已將我的意識癱瘓

你的皎潔大過你的晦黯　還是反之

旋轉 32 圈　開始疲軟

我無法再不斷臆測　只能等待我大量的將思念發汗

排出體外　我的世界才不再缺氧

我鱗剝著我的孤寂

一層層鱗剝著我的孤寂

疾駛的列車　呼嘯著沉沉低鳴

截止的山線旁的農舍　與

似入夢境的稜線

起伏著假想的呼吸

丟出了狀似拋物線的　愛情

容量

若我的腦袋再繼續承載他的影像

那　我就會因為

腦容量的記憶體不夠　而

腦漿噴發

枕邊人

一 序曲

枕邊人呼出的的二氧化碳讓我漸漸昏睡

公主徹夜未眠的眼淚早已俗不可耐

我愛你的迴音隨著白帶魚的鱗片散落在魚販的塑膠鞋四周

濕滑　腥臭

奇妙的　你卻熱情的將其擁抱以往你最嫌惡的感覺

最後　你會隨著錢塘潮的來臨消失殆盡

與你最初相信的　愛情

二 夢境

枕邊人在夢裡被瘋狂追逐

震耳欲聾的喊叫聲劃破了靜謐

鈴聲響起　走唱的三兄弟

奪魂般的催促著　失去時間的聲音

反覆著　掙扎著　嘶吼著

枷鎖套著只是等待無止境的狂舞

流動的紅色沒入

枕邊人眼球的振動數成等倍增加

他開始朝空中揮拳

比爾告訴他不要怕

他會安然的渡過今晚

另外會讓他肢解一部分屬於他的東西

紅色再度沒入

泣血的杜鵑染紅了朝霧中帶著露水的白色杜鵑

他也從晨霧中走來

帶著左半邊的胳膊和右半截的腿

用食物處理器處理了它們

紅色開始　　漸慢　　　乾涸

特別感謝Special Thanks

[O] 我的家人們

[O] 銀色快手

[O] 許赫哥

[O] 榮華

[O] 克芳姐

[O] 兔兔

[O] 溫妹

[O] 葉政廷

[O] 洪紹桓

[O] 陳國華

[O] 周岳澄

[O] 許國宏

[O] 劉詩偉

[O] 關渡接頭霸王神

[O] 世間的貓咪們ノノノノノ

1. 人言可畏

Lyricist[作詞]：林理惠 Mars Lin

Composer[作曲]：林理惠 Mars Lin

Producer[製作人]：林理惠 , 謝明諺 Mars Lin ,Min Yen Hsieh

Keyboard[編曲]：葉政廷 Tim Yeh

Sound effects [音效]: 許國宏 Go Home Hsu

Recording Engineer[錄音師]：劉詩偉 Shih Wei Liu

Recording Studio[錄音室]：角發錄音室 T&A Studio

Mixing & Mastering Engineer

[混音 & 母帶後製工程師]：劉詩偉 Shih Wei Liu

Mixing & Mastering Studio

[混音 & 母帶後製室]: 樹人咪房 Treemen Studio

OP：Alfa Music International Co., Ltd. 阿爾發音樂股份有限公司

ISRC Code:TWCT51715907

2. 宇晴軒

Lyricist[作詞]：林理惠 Mars Lin

Composer[作曲]：林理惠 Mars Lin

Producer[製作人]：林理惠 , 謝明諺 Mars Lin , Min Yen Hsieh

Sheng[笙]：洪紹桓 Shao Huan Hung

Background Vocal Arranger[合聲編寫]：林理惠 Mars Lin

Background Vocals[合聲]：林理惠 Mars Lin

Sound effects [音效]: 許國宏 Go Home Hsu

Recording Engineer[錄音師]：劉詩偉 Shih Wei Liu

Recording Studio[錄音室]：角發錄音室 T&A Studio

Mixing & Mastering Engineer

[混音 & 母帶後製工程師]：劉詩偉 Shih Wei Liu

Mixing & Mastering Studio

[混音 & 母帶後製室]: 樹人咪房 Treemen Studio

OP：Alfa Music International Co., Ltd. 阿爾發音樂股份有限公司

ISRC Code:TWCT51715908

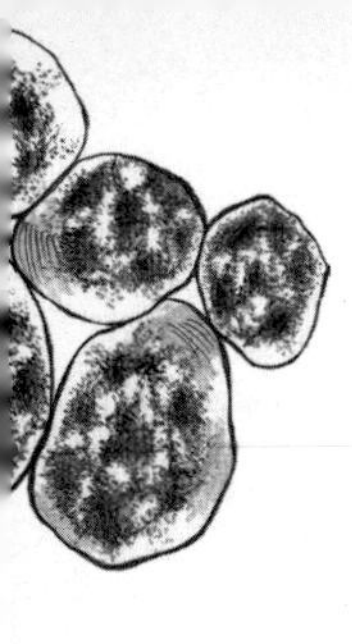

3. 開分員

Lyricist[作詞]：林理惠 Mars Lin

Composer[作曲]：林理惠 Mars Lin

Producer[製作人]：林理惠 , 謝明諺 Mars Lin ,Min Yen Hsieh

Tenor Saxophone[次中音薩克斯風]：謝明諺 Min Yen Hsieh

Drums [爵士鼓]：陳國華 Kuo Hua Chen

Sound effects [音效]: 許國宏 Go Home Hsu

Recording Engineer[錄音師]：劉詩偉 Shih Wei Liu

Recording Studio[錄音室]：角發錄音室 T&A Studio

Mixing & Mastering Engineer

[混音 & 母帶後製工程師]：劉詩偉 Shih Wei Liu

Mixing & Mastering Studio

[混音 & 母帶後製室]: 樹人咪房 Treemen Studio

OP：Alfa Music International Co., Ltd. 阿爾發音樂股份有限公司

ISRC Code:TWCT51715909

4. 寓言

Lyricist[作詞]：林理惠 Mars Lin

Composer[作曲]：周岳澄 Ken Chou

Producer[製作人]：林理惠 Mars Lin

Arranger[編曲]：周岳澄 Ken Chou

Background Vocal Arranger[合聲編寫]：林理惠 Mars Lin

Background Vocals[合聲]：林理惠 Mars Lin

Recording Engineer[錄音師]：李心鼎 Shin Ding Lee

Recording Studio[錄音室]：角發錄音室 T&A Studio

Mixing & Mastering Engineer

[混音 & 母帶後製工程師]：劉詩偉 Shih Wei Liu

Mixing & Mastering Studio

[混音 & 母帶後製室]: 樹人咪房 Treemen Studio

OP：Alfa Music International Co., Ltd. 阿爾發音樂股份有限公司

ISRC Code:TWCT51715910

國家圖書館出版品預行編目（CIP）資料

迴路詩集 / 林理惠著 . -- 初版 . --
新北市 : 斑馬線 , 2018.05 面 ;　公分
ISBN 978-986-96060-4-2(平裝)

851.486　　　107004764

迴路詩集

作　　者：林理惠
主　　編：施榮華
插　　圖：溫敏喻
美術設計：曾筠恩

發 行 人：張仰賢
社　　長：許　赫
總　　監：林群盛
主　　編：施榮華
出 版 者：斑馬線文庫有限公司
法律顧問：林仟雯律師

斑馬線文庫
通訊地址：235 新北市中和景平路 268 號七樓之一
連絡電話：0922542983

製版印刷：龍虎電腦排版股份有限公司
出版日期：2018 年 5 月
I S B N ：978-986-96060-4-2(平裝)
定　　價：380 元